땀방울
속의
황금

땀방울
속의
황금

초판 1쇄 인쇄 2014년 03월 27일
초판 1쇄 발행 2014년 04월 01일

지은이 庭仁羊 김휜구
펴낸이 손 형 국
펴낸곳 (주)북랩
출판등록 2004. 12. 1(제2012-000051호)
주소 153-786 서울시 금천구 가산디지털 1로 168,
          우림라이온스밸리 B동 B113, B114호
홈페이지 www.book.co.kr
전화번호 (02)2026-5777
팩스 (02)2026-5747

ISBN 979-11-5585-198-2 03810(종이책)
　　　 979-11-5585-199-9 05810(전자책)

이 도서의 국립중앙도서관 출판시도서목록(CIP)은 서지정보유통지원시스템 홈페이지(http://seoji.nl.go.kr)와
국가자료공동목록시스템(http://www.nl.go.kr/kolisnet)에서 이용하실 수 있습니다.
(CIP제어번호: 2014010216)

庭仁羊 김훤구의 제13시집

땀방울
속의
황금

book Lab

차 례

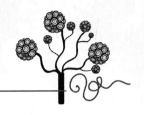

읽어 주지도 않는 시집을 12권을 냈습니다.

사금이 모래와 섞여 있으면 사금도 모래라 하지 누가

사금이라 하겠습니까.

이번에는 모래를 흔들어 내고 사금만 모았습니다.

제목으로 써진
'땀방울속의 황금'은
이 시집의 대표작입니다.

신이 나를 이 세상에 보낸 뜻은
위대한 존재의
특별한 완성을 위해서랍니다.

그러나 내가 땀 흘리고
재능을 완성하기 전에는
존재해도 존재하지 않습니다.

영리하고 똑똑해도
시시한 것에 우쭐대고 게을러
호연지기가 없다면
황금을 썩은 사과와 바꾼 사람입니다.

누구나 다
성공하려고 하지만
인생의 전투에서 패잔병입니다.

그런 나를 스스로 발견하고
피와 땀과 눈물을 거름하면
운명은 영광스럽게 자랍니다.

스케이트 날 위에서 20년을 살아
피겨스케이트 여왕이 된 김연아
온 발에 굳은살을 못자리한 박지성

아무리 자기 관상을 봐도
길거리에 거적밖에 펴지 못 하겠다던
임시정부 내각수반 김구 선생

그들은 땀방울의 강을 건너
인생을 보상받고
인류에게 베푼 사람들입니다.

돈에서 탈출하십시오.

돈 없는 이슬은 맑게 살고

돈 없는 꾀꼬리는 노래합니다.

땀 흘리는 재미로

일을 놀이처럼 하면

돈이 당신을 프러포즈할 것입니다.

인간의 땀방울에는

무엇이 사는 줄 아세요.

신의 손이 산답니다.

지금은 돈이 없고

재산을 모으지 못했다 해도

땀방울은 인생의 구세주입니다.

자기 인생은

그 누구도 아닌

자기 자신이 구원자입니다.

2014. 4.
정인양

석류

님이여
옆구리 터 보여드릴게요
유리알 맑은 마음이
혼자 키운 그리움으로
얼마나 붉게 물들었는가를

알사탕

나더러
이빨도 안 들어가게
단단한 놈이라고
욕하지 말라

속삭여 주던
그 혀 위에 올려 주고
뜨거운 입술
서로 만나면

흔적도 없이
나를 버려
그대 한세상
다디달게 하리라

해금

해금 두 줄

한 번 울려

자기를 알리고

흐느끼는 가슴 나누는데

내 가슴 떨려

그대 가슴 흔들지 못한다면

소리 없는 멜로디

줄 끊어진 해금

쌍무지개

비 개어 돌아가는 길
서편 하늘에 무지개 곱거든
나 그대 그리워 흘린 눈물에는
쌍무지개 뜬 줄 아오시라

꿈에 본 너

한종일 사람들을 만나도
재미진 줄 모르겠더니

꿈에 너를 만났더니
혼자 있어도 재미있다

항상 가슴속에 있지만
더러는 꿈길로 나오라

미소에 지은 궁전

그대의 미소 반쪽만 주어도
나는 그 미소에 궁전을 짓고
그대가 주신 고독과 나란히 앉아
떠나는 외로움을 바라보리라

그대의 윙크 하나만 주어도
발은 무지개 위를 걷고
폭포가 절벽 타는 모습을 바라보며
그대 앉을자리 하나 비워 두리라

원앙새 사랑

원앙새의
원이는 수새 앙이는 암새

앙이의 남편은
저토록 멋있는 원이 뿐이고

원이의 색시는
저렇게 예쁜 앙이 뿐이라

원앙이의 사랑을 질투한 바람이
물살을 일으켜
물에 비친 다정한 모습을 흩으러 놓아도

흐린 웅덩이가
대궐보다 좋은 원이와 앙이는
떨어질 줄 모른다

편지

그대의 편지를 받을 때에는
향내 좋은 비누로 손을 씻어
향기로운 손으로 받으렵니다

그대의 편지를 뜯을 때에는
그대의 옷을 벗긴 두려움으로
편지봉투를 뜯으렵니다

그대의 편지를 읽을 때에는
읽은 편지에다 얼굴을 묻어
그대 가슴의 포근함에 눈 감으렵니다

그리고 떨어지는 눈물로
당신이 아파하는 글자들을 지워
그 쓰라린 상처를 지우렵니다

부부

당신과 내가 만나
살 섞어 살아도

나는 나를 모르고
당신은 당신을 모르지만

나는 당신밖에 모르고
당신은 나밖에 모릅니다 그려

바람이 상처 나랴

가시밭에서 놀았다고
바람이 상처 나랴

달이 목욕했다고
샘물이 더러워지랴

그대가 내 가슴에 들었다고
가슴이 무거워지랴

첫사랑

내가 너를 사랑할 때
내 목이 필요하다 하면
내 목을 잘라주어도
아프지 않을 것 같았다

내게서 나는 없고 너만 있을 때
내 목숨을 네게 주어
네가 두 배로 살 수 있다면
내 목을 네게 줄 수 있었다

제비꽃

님이 오시려나보다
안 오시면 어쩌나
보랏빛 슬픈 얼굴

머리에 이슬 이고
이른 새벽부터
길가에 나온 제비꽃

발소리 들으려고
눈을 깜박이며
귀를 땅에 보낸

골목길

오, 아름다워라
밤의 골목길
담벼락에 숨어
달빛에 안긴 매화

내가 다가가는 줄도 모르고
달빛의 품에서
젖은 입술 맡기고
눈 감고 있다

개나리꽃

개나리꽃에 반해
노랗게 물든 빗방울을
팔베개에 누이고 있는
개나리꽃

빗방울의 배에
귀를 대고 물어 본다
첫여름 뻐꾸기 소리가
얼마나 컸는가를

꽃잎사랑

보아라

버림받고

짓밟혀

뼈가 부러지고

살이 으깨지고

피멍이 번진 고통 속에서도

짓밟는 신발에까지

향기를 나누어 준

꽃잎 사랑을

세상살이

세상살이
장난기가 많고
유머러스하다

받고 싶으면 주고
채우고 싶으면 비우고
나를 알고 싶으면 나를 잊으라고

겨울 홍매

떠는 햇살을 모아
꽃눈을 키우고 있다
향기의 허벅지에
내 코를 눕히려고

살아야 한다

살아야 한다
머리에 지혜가 있고
가슴에 사랑이 있고
입가에 미소가 있는 한

그리워 쳐다 볼 하늘이 있고
기다림을 좇아가는 초조함이 있고
만나야 할 사람이 있다
혼자이다가 떠날지라도

거울을 본다

이 세상에서
나처럼 나를 좋아한
그 사람이 보고프면
거울을 본다

간단하게 살기를 좋아하고
깨끗하게 살기를 좋아하고
욕먹기도 죄짓기도 싫어해
손해 본 듯 못난 듯 살면서

나를 의지하고
나를 등불삼아
어두운 밤도
밝게 살아가는

천하에 귀한 내 몸도

무덤에 버리기에

화내고 어리석을 일도 없다

누구의 덕을 보고 싶지도 않고

횡재를 바라지도 않는다

내가 존재한다는 사실이 기적이다

범사에 고마워하면서

가장 나를 닮고

가장 나를 사랑한 사람이 보고프면

거울을 본다

몸

나를 가장 신나게 하고
행복하게 한 것도 내 몸

나를 가장 고통스럽게 하고
죽음으로 끌고 간 것도 내 몸

나

나를 싫어해도
나만이라도 나를 좋아하리라

어차피 나는 나를 떠날 수 없다
나와 더불어 한세상 살아갈 나

나를 사랑하리라
그리고 나를 아끼리라

좋아한 사람도 없지만
싫어한 사람도 없는 나

번데기

다행이다

가난한 줄만 알았던 나에게도

오직 나 자신이라는 재산이 있다

나는 나를 다시 태어나게 한

위대한 어머니

영리하고 미련하고가 없다

고독을 즐기며

원대한 목표에 땀을 섞으면

눈도 코도 입도 없는

주름살투성이의 번데기조차

자기의 한계를 벗고

진정한 자기로 다시 태어난 날

문양 고운 날개로

꽃방석에 앉아 꿀을 따는

화려한 변신이다

사과 두 개

다섯 살 때
아버지를 따라 주막집에 갔었다
이방 저방 뛰어다니다가
빈방 사과 상자에서
사과를 빼 먹었다
얼른 먹고 하나를 더 빼 먹었다

술자리가 끝나고
배웅 나온 주인에게
미안해서 어떡하냐고
용서를 비는 아버지
어린 것이 그랬으니 어쩔 거냐고
용서하는 주인

생각할수록 창피하고
어른이 된 지금도 후회스럽다

아무도 모르리라고 생각했는데

본 사람이 없었는데

사과 두 개가 내 양심을

평생 감옥살이 시킨다

땀방울 속의 황금

사람은 누구나
땀방울 속에서
황금을 캐려 하지만
흘리는 땀방울을 베풀어
다음 세상을 구하고는 자기가
자기의 구세주가 되어 돌아간다

내 어머니

어머니, 어머니, 내 어머니

기뻐도 내 어머니

슬퍼도 내 어머니

내가 병나면 당신이 먼저 아프시고

내가 배고프면 당신이 먼저 배고프신

내가 슬프면 나보다 먼저 가슴 미어지고

내가 기쁘면 나보다 먼저 춤추신 어머니

가까이 있을 때도 난 어머니 가슴에서 살았고

타향객지에서도 난 어머니 가슴에서 살았습니다

자기 가슴이면서도 자기를 위해 애태우신 적 없고

자기 눈이면서도 자기를 위해 눈물 흘린 적 없으신

어머니

손금이 닳아 운명이 바뀌어도

자식 위한 일이라면

기어이 자기가 해야 맘 놓이고

추운 겨울 손마디 벌어져

찬물 방울이 칼날보다 아파도

표정엔 상처 하나 없으신 어머니

살아생전 자식 위해 애태운 가슴

무덤까지 가져가셔도

원망도 없으신 어머니

가난한 살림에도

베풀어 삶이 복업되어

극락왕생하십시오

딸아이 결혼식 날

웨딩마치가 울리고
붉은 카펫 위를 걸어

아빠께서는 내 손을
신랑에게 넘기신다

세상의 남자 중에
우리 아빠밖에 모르던 나

한줄기 눈물이
신부 화장을 지운다

세종로

세종로에 서서

서울이 어디냐고 묻는 사람처럼

나에게 있는 나를 몰라

깨우치지 못한 나

흑장미 한 송이

식탁에 꽂은
흑장미 한 송이

부부가 사는 집이라
두 송이면 좋으련만

목이 긴 화병에
딱 한 송이

부부는 둘이지만
사랑은 하나니까

이불 덮어주기

새벽에 일어나
차버린 이불을
깊이 덮어준다

따뜻한 온기의
날개 밑에서
보송보송 고운 꿈이 깨어나라고

당신의 노랫말

살다 보면
말이 거칠고 심할 때도
그것은 당신의 노랫말이라며

웃으며 대하는 게
용서요 사랑이라
불만은 얼굴도 내밀지 못한다

성낸 사람만
어리석고 못난 사람 되어
따지지 않아도 할 말이 없다

철든 생각

나는 내 인생의
희생과 봉사에 대해
보상받기를 바라지 않아요

당신은 나의 복밭
내가 베푸는 대접은 당신이 받고
베푸는 이에게 내린 복은 내가 받으리라

하고 나도 그 일이요
티도 안 난 일이지만
땀 흘리는 즐거움

땀방울이 운명을 가꾸고
통장에서 복이 자라
다음 세상은 좋은 나라에 드리니

일이 많고 힘든 생활은

일 없이 게으른 호강보다

천 배나 만 배나 행복하답니다

기상시간

깨워야 하는데
깨울 수가 없다

안개를 걷어내는 미풍처럼
꺼질듯 놓칠 듯 포근한 숨결

맑은 피에다 풀고 있다
은비늘 반짝이는 산소를

행복한 남자

남편이 죽은 뒤
밤마다
목욕하고 화장한 부인

꿈에 만나도
자신 있는 몸으로
사랑받아야 한다나

제삿날

여보. 제상 차려 놓았소
많이 잡수시고
친구들 따라가 얻어먹었으면
오늘밤 다 갚으시구려
양푼에 허드렛밥 퍼 놓았으니

애들 없으니
당신과 나뿐이오
이렇게 만나도 반갑기만 하오

다음에도 딴 데 가시지 말고
우리 집으로 오시오
사나 죽으나 당신 밥은
내가 차릴게요

차린 것 다 드시고 승천하시구려

초등 2학년

선생님요

왜?

이 말하면 절대 안 돼요

우리 엄마 알면 난 죽어요

뭔데

난 니네 엄마 모른다

선생님요

우리 이모부가 술에 취해

자는데 우리 이모가

활딱 벗고 이불속으로 들어갔어요

오, 그랬어

손주가 좋아서

밤 한 시다
집에 있는 며느리에게
전화를 건다
아가, 나다
우리 애기 자지야
사진을 머리맡에다 놓고 보다가
너무너무 보고 싶어
전화를 넣었다

살짝 꼬집어
"애"하고 울면
얼른 전화기를 대주라
울음소리라도 들어야 잠을 자긋다

우는 것까지 예뻐

등에 업고 있기가 너무 아까워

앞으로 돌려 안고 보다가

포대기에서 빼내

높이 들어 올려

침조차 흘린 데도

빨아 먹어도 시원찮게 예뻐

볼을 쪽쪽 빨고

꼬집어 울리기도 하고

포동포동한 팔을 물어버려

아기가 우는 데도

우는 것까지 예뻐

껴안고 흔들어 달래면서

우는 아이 보고 웃는 것이

왜 이마나 즐거울 거나

아리따운 처녀

아리따운 처녀야 넌
여자의 몸에서 태어난 것 같질 않다

어쩌면 장미의 새벽꿈에서
태어난 듯한 살결

버들가지에서 그네 타는 미풍의
속 치맛자락에서 태어난 듯한 허리

아니, 첫여름 꾀꼬리의
노랫소리에서 태어난 듯한 음성

호수에 비친 흰 구름의
옛이야기를 들은 듯한 미소

풀잎에 맺힌

이슬에서 따온 눈동자

복숭아 꽃빛이 얼굴에
산책 나온 수줍음

네게 반하여 살아가는 건
얼마나 신나는 일인가

내게는 있다

없는 게 아니다
있는 것을 찾는데
찾지를 못한다

내 것이 없으니
모두가 남의 것
그래도 내게는 있다

실패는 재미다
실패는 성공 때문이요
성공은 실패 때문이다

복이라는 것도
이제까지 내가 찾아 헤맸지만
지금부턴 나를 찾아오리라

장기판

졸은 졸만 치는 게 아니다
한 금씩 나아간 재주만 있어도
차도 치고 포도 치고
입궁까지 한다

이사

오는 사람
가는 사람
하루면 되지만

머리가
가슴으로 이사 오는 데는
평생이 걸린다

이파리 하나

이파리 하나가
햇볕을 받아
광합성으로
식량을 만들어 살아간다

인간이 저 이파리가 하는 일을
할 수만 있다면
인류는 가난과 굶주림에서
해방되련만

콩나물 기르기

콩나물시루에 물을 준다
많이 주나 적게 주나
금세 다 빠져 버린다
더 빠지라고 시루를 엎어 놓는다

읽어도 읽어도 잊어버린
독서는 시루에 물주기
남은 게 없이 잊어버려도
뽑아 쓸 만큼 자란 지식

왕따

교과서는
처음부터 끝까지
이웃을 사랑하라는 성경말씀
자비를 베풀라는 불경말씀

눈물을 훔치고
주먹을 말아 쥐고
시선에 날빛이 선
왕따를 당한다

인생은 지식이 아니야
지식은 교만해서 위험해
인생은 지혜야
내가 바라는 대로 남을 위하는

어찌 때리고 빼앗고 울릴까

위해주고 아껴주면

입가에 미소요

가슴에 사랑을 품을 텐데

너의 그리움이고 싶다

나도 누군가의
그리움이 되고 싶다

사랑이 죄가 될거나
고백을 못한다

사랑은 기어이 결혼하고
부부가 되어야 하는가

부부가 아니라도
오누이처럼 다정하고 싶다

내가 너를 그리워하듯
나도 너의 그리움이고 싶다

원수를 사랑하라

원수 때문에 분노에 떨고

잠을 이룰 수가 없고

목이 차오르고

얼굴이 수척해 지리라

원수를 사랑하면

원수가 용서받는 게 아니라

원수를 미워한 내가

미움의 고통에서 해방된다

못

손도 발도 없습니다
재산이라면
휘지 않는 몸
망치에 이긴 대가리

온 집이 울리고
시끄러운 뒤에야
콘크리트 벽은
못 자리 하나를 내줍니다

땀 저린 옷이 걸리고
때로는 꽃바구니도 걸려
온몸으로
자기 자리를 지킵니다

어떤 출세도

어떤 영광도 바라지 않습니다

주인이 나를 찾고

내가 주인을 기다리면 그만

밤낮으로

수직 벽에 감사하며

녹 쓸지 않는 몸으로

내 자리를 지키렵니다

작은 애국

땀이 옷에 지도를 그린다
대형선풍기
에어컨도 있는데
왜 켜지 않느냐고 불평하니

글쎄 성한 사람은 땀 좀 흘리고
그 전기를
병원. 공장. 실험실로
보내야 하지 않겠어요

그래야 환자도 치료하고
산업도 일어나고
하늘이 맑을 게 아니에요
갑자기 입이 없어져 버린다

매화의 종교

매화는 종교가 없다
현세도 내세도

성경도 불경도 없이
본성대로 산다

남의 말을 듣지도 않는다
옮기지도 않는다

꽃세상 만들어 살다가
태어나기 전으로 돌아간다

종교가 없어도
있는 것보다 더 아름답다

연못가에서

연잎 아래

절집이 비치고

금붕어 한 마리

그 집으로 들어가

물방울 하나 물고 나와

빠끔 뿜어 올린다

만상은 공(空)이라고

계곡의 물소리

계곡의 물소리
부처님의 장광설

항상 겸손하여
낮게 살기를 즐기라

자기 목표를 향하여
쉬지 말고 정진하라

흘러야 썩지 않고
맑아야 비친다

평평하면 누워 흐르고
막히면 돌아가라

남도 깨끗이 해주고

스스로도 깨끗하라

바다에 이르러 뜻을 이루고

섬도 만들라

수평선에서 하늘과

만나라

흑인소녀

눈에는 낮별이 빛납니다
하얀 이에는 미소가 꽃핍니다
좋아할 줄도 알고 부끄러워할 줄도 아는
고 예쁜 소녀는 흑인이랍니다

옷을 버리기도 하고
울고 들어오기도 하지만
형제들과 장난치고
엄마의 심부름도 한답니다

피부는 검어도
마음은 새하얗답니다
가난해도
하나님의 자식이랍니다

눈 오는 크리스마스

루돌프 사슴들이 데려 온

눈송이들이

창가에 모여서서

방안을 들여다본다

반짝이는 크리스마스트리에

산타할아버지가 걸어 놓은

선물 곁에서

꿈나라에 간 아기를

작은 보시 하나가

버스에 앉아 있는 나를
보자마자 웃는 여인

이십 년이 넘은 오늘인데
한눈에 알아본다

그때 뱃바람이 추웠는데
상의를 벗어 덮어 주었단다

작은 보시 하나가
이십 년이 넘도록 나를

여인의 가슴에서
살게 했다

가을길

혼자 가을 길을 걷는다
고뇌도 번뇌도 단풍드는가
가슴에 낙엽지는 소리

조개

조개를 조개라
무시하지 마라

뻘밭에서도
하얀 속살로 살고

상처에 박힌 모래알을
진주로 키운

물거품

물에서 태어나
물로 돌아간 물거품
한줄기 햇살을 만나
무지개 하나 그렸다 하면
어느새 돌아가
있는 것도 없는 것도 아닌

비단잉어

봄을 좋아하는 건
여인만이 아니다

물에 뜬 꽃잎을
물고 들어간 비단잉어

슬픔은 없다

슬픔은 없다
가을이 잎을 날리지 않으면
어찌 봄이
꽃을 피우랴

헌 육신 가져가는
죽음이 아니면
어찌 다시
청춘이 돌아오랴

포도

포도송이를 바라보고 있다
말 한 마디 없지만
맑은 물방울 아래
단물이 탱탱한 저 육체

말을 걸면 입술이 두툼하고
손이 가까이 가면
젖꼭지가 일어설 것만 같은
아, 알밴 미인이어라

시골에 살으리라

시골에 살으리라
흐린 웅덩이 물도
저리 잘난 보름달을 안고 사는

언덕위의 미루나무
흰 구름 가에서 서성이다가
바람의 허리를 껴안은

땀냄새

빨래를 하려고
옷을 모으다가
그의 옷 냄새를 맡아본다

옷을 움켜쥐고
얼굴을 묻어
그 냄새를 깊이 마신다

사랑하는 사람의 땀 냄새는
미운 사람의 향수보다 좋다
가족의 생명을 책임진 내음

호박

호박을
늙은 호박이라 했다
주름살마다 인상을 쓴다

호박을
익은 호박이라 했다
시루떡에서도 단맛을 낸다

가을밤

우는 귀뚜라미는

울지 않는데

울지 않는

내가 운다

단풍잎

단풍잎 하나가
팔만대장경을 안고
해인사를 떠난다
무상의 거리로

단풍잎 줍기

곱게 물들고
상처도 없는 걸
찾고 있었다

단풍잎이
자기 일생의 색깔로
물들 때까지

어느 것 하나
흠 없고
벌레 먹지 않은 것이 없다

그 아픔과
상처야말로
진정한 아름다움

찌르레기

찌르레기는
낮에 울지 않는다

소읍의 건물 끝에 앉아
시내를 내려다본다

거리를 따라 걸린 간판
복잡하게도 산단다

고운 꿈을 고르라

화분에서 익은

레몬 세 개를 따서 보낸다

익으면 익을수록 진한 향기

베개 맡에 두라

그 향기는 아빠의 사랑이니

그 사랑 속에서

고운 꿈을 고르라

구룡연에서

구룡연 맑은 물
물의 창자까지 비친다
들여다보기 무섭다
시커먼 내 속도 비칠까 봐

나는 부자

뭐라고요
내가 가난하다고요
내가 갖지도 않는 가난이
어찌 있겠소

돈 없어도 암탉은 달걀을
둥우리 가득 낳습니다
감나무는 떫은 풋감을
보기 좋고 먹기 좋은 홍시로 익힙니다

가난을 괴로워하거나
부자를 부러워하지 않습니다
하나의 활에서 명곡은 연주되고
흩뿌린 그림에서 명작은 나옵니다

동짓달

떠나온 낙엽이
등 구부린 몸으로
마른 풀을 덮어 주고 있다

추우면 감기 들세라
등에 서릿발 업고
마른 풀을 품고 있다

가을 파종

가을 한낮
콩밭

햇살의 따가운 손이
콩을 까고 있다

콩알은 튀어나가고
콩꼬투리는 말려든다

가을 햇살은 그렇게
콩을 파종하고 있었다

죽은 붕어

강물
쓰레기 더미
죽은 붕어

퉁퉁 부은 몸
일어선 비늘
썩어가는 눈

물 위에 떠있는
죽은 붕어는
누구의 미래인가

인간이 죽인 저것들이
언젠가는
인간을 죽이리라

거미네 집

집짓는 거미를 바라본다
나뭇잎에다 기둥 박고
서까래만 엮어놓은 집

방도 마루도 없다
비가 오면
나체로 목욕한다

낮에는 나뭇잎 침상에 낮잠
식탁에는 날개달린 생고기파티
남으면 거미줄 냉장고에 보관

해질 무렵
집밖으로 나온 나는
공중에 지어 놓은
저 신기한 건축물 앞에 선다

겨울 창가에서

떨고 있는 햇살이

부러운 시선으로 들여다 본

남쪽 창문을 열고

무심히 밖을 내다본다

소록도 철선이 선창에 닿더니

발판 내린 소리가

빙벽 무너진 소리를 한다

바쁜 사람들이 달려가 택시를 탄다

맨살로 달려온 북서풍이

팔뚝에 솜털을 세운다

창문을 닫는다

뒤따라오던 소음이 문에 치인다

게 공화국

옆걸음 치며 살아도
게네 육법전서엔
법이 한 줄도 없다
죄도 지옥도 없다

뻘밭은 게판이어도
남을 간섭하거나
해친 적이 없어
생업이 오락이다

저마다 국민이요
저마다 대통령
평화는 뻘밭 가득
자유는 구멍마다

황사

황사가 인해전술이다
외출에서 돌아와 세수를 하니
세숫물에 고비사막이 익사

황사는 전투부대다
지구를 삼키고
사람을 죽음으로 몬다

우리는 지금
모래의 독니에
모가지가 물려 있다

붕어

겨울 붕어 세 그릇을 샀다
밤사이에 해감 시키려고
큰 통에 물을 채워 풀어 주었더니
한 데 모여서
내일 죽더라도 행복한 모습이다

저렇게 살기를 좋아한 생명을
배를 째고 창자를 긁어내고
갖은 양념 다하여
뼈가 버금버금할 때까지 끓여
화탕지옥에 보낸 것을

어금니로 질근질근 씹어 댄 것이
너무나 잔인해서
아침 일찍 저수지에 풀어 주었다
72마리

장기산 편백숲

장기산 편백숲
잎의 옆구리에서 태어난 피톤치드

청록빛 날개로
폐부의 안방으로 떼 지어 들어와

숨결을 빨래하고
피를 헹군다

세포는 젊어지고
생명엔 새순이 돋는다

돌담길

크고 작고를
따지지 않는 돌들

잘나고 못나고
비교도 하지 않는다

흙의 품에서
어깨 기대고 살아

어울려 사는 게
그러나 재미있는

살아도 같이 살고
죽어도 같이 죽는

그림자에 어둠이 내리면

침묵으로 바라보며

낙엽 위에
첫눈이 쌓이는 밤

두 사람의 모습을
감추어 주고 있다

고흥 김치

살진 무잎 한 단
소금에 절여
맑은 물이 줄을 타게 헹군다

젓국 없이
밥 마늘 풋고추를 갈아 넣고
다시마 멸치 삶은 물에 담근다

맛이 없을 듯
촌스러울 듯
품위 없이 보이지만

하루를 삭히면
정갈한 맛이 일품이라
김칫국까지 마셔버린다

시시한 문화도

만만한 게 아니다

소중한 문화유산이다

정답게 살면

돈이 필요하냐구요
많으면 좋겠다고요

서로가 관심을 가지고
정답게 살면

돈이 없어도 가난하지 않고
입가의 미소에

꽃은 피고
꾀꼬리는 운답니다

말이 가난하면

말이 가난하면
침묵에 살이 오르고
영혼이 건강하답니다

못난 사람

못난 사람으로 태어난 건
얼마나 큰 행복인가

못났기에 몸 아끼지 않고
못났기에 공경하며 살고
못났기에 죄를 무서워하고
못났기에 자기를 버릴 줄 아는

못난 사람으로 태어나
자존심도 없이 살게 한 것은
잘나서 죄짓고 사는 것보다
얼마나 인간적이고 순수한가

은수저 한 벌

북한 거물급 인사가 넘어 온 그해 겨울

일본놈 순사보다 더 독하다는 만주벌판 찬바람이

날을 세운 임진강 강둑에서

옷이 얼어 콕콕 쑤시고

발가락이 있는지 없는지 모른

교대도 없는 야간 보초

열두 시간씩 석 달을 서고 휴가 온 아들

마르고 거친 얼굴을 보니

몸에 소름이 돋고 피에 고드름이 언다

그런 군인 봉급으로 아버지 생신이라

사 보낸 은수저 한 벌

울컥 눈물이 난다

황금과 다이아몬드는 그 수저 곁에

가지도 못한다

돈으로 산 게 아니다

지극한 존경으로 산 수저

금수저를 주어도 난

이 은수저다

전사자 이태윤

6·25 전쟁이 휴전된 지 50년
비무장지대 백석산에서
제대도 하지 않고
뼈로 조국을 지킨 이태윤

뼈는 말한다
나를 찾는 친지가 나타나지 않아도
뼈를 찾아 줄 동포가 있고
죽어서 지킬 나라가 있어

청춘이 해골 되어도
후회 없다고

출근시간에 술

1970년대 학교관사
방이 일곱 개인 일자집
기왓장이 흘러내려 서까래가 보이고
흙벽엔 벽지가 붙지 않아 너덜거린

두 번째 방에 살으신 선배형님
신혼부부라 아이가 하나
밤에 열이 나고 아파 우니까
어쩔 수가 없다

동료 선생님들
밤잠을 방해할까 봐
두 부부가 번갈아 업고
밤샘을 했다

아침 출근길인데 그 형이

술집에서 술을 마시며 말씀하신다

어야, 사람새끼는 소 새끼처럼

막 낳아 놓으면 폴딱폴딱 뛰어다닐 수는 없을꺼나

술기가 도는지 안 도는지

아침을 먹었는지 안 먹었는지

조회시간에 참석하여

나를 보고 웃으신다

투르 드 프랑스

유럽의 여름
투르 드 프랑스의 계절
순백의 은륜이
프랑스 국경을 넘나든

푸르고 울창한 알프스 신록길
깎아지른 듯 피레네 산맥 길
20여 일 동안 4000여km를
질주하는 자전거 경주

항상 2등만 한 울리히가
1등한 암스트롱이 넘어지자
일어나기를 기다렸다가
다시 타는 위대한 기다림

경기는 1등이 아니다

규칙에 당당할 때

관중은 기립박수요

트로피에 술은 넘친다

지팡이 구멍에서 태어난 도시

엘지아 부피에는 알프스의 가난한 양치기

밤에는 촛불 아래서 성한 도토리를 고르고

낮에는 지팡이 끝으로 낸 구멍에 도토리를 심어

수백 헥타르에 이르는 참나무 숲에

인구 삼만의 도시를 이루었다

일상의 가장 쉬운 일을 찾아 내

한 톨 한 톨 실천하니

황무지에

풍요의 땅이 이사와

지팡이 구멍에서 도시가 태어났다

현충일

6월 6일 현충일
자식의 묘비에
윗도리를 덮어주신 어머님

살아도 내 자식 죽어도 내 자식
비석에 새겨진 이름도
감기 들면 안 되지

감성시대

바라보는 시선에서
구수한 냄새가 난다
먹어야겠다
식기 전에

문어

현대인은
문어

머리만 있고
가슴이 없는

사불여의하면
먹물 풀어 도망가기

이익이 된다 하면
빨아먹어 해골 만들기

정직한 주인

닫힌 문에 써 붙인 글은
내부수리 중이 아니다

국물에서 행주조각이 나와
15일간 영업정지입니다

조심하겠습니다
찬물도 씻어 쓰겠습니다

집

술이 사람을 마셔버려
앞으로 두 걸음 뒤로 두 걸음

아무리 걸어도
제자리에서 걷는 한밤중

쓰러지지 않고
찾아가야 한다

식당에서

상 위에서 뛰고
수저통을 엎고
방석에서 재주넘는 아이

남을 불안하게 하거나
두렵게 하는 아이가 크면
살림도 뒤엎으리라

어려서부터 제멋대로 크면
이기적이요
불효한 자식이 됨을 모르는가

꽃잎 안주

벚꽃 그늘에 술이 넘치니
나보다 더 좋아한 건 꽃잎이런가
백옥같은 알몸으로 술잔에 뛰어든다

제 몸을 제가 타고
바람을 삿대삼아
술잔에 비친 산천을 휘돌아본 낭만이여

술잔을 기울이니
꽃잎 안주 따라들어
굴어진 술이 아깝다

똘똘똘
술 넘어간 소리
술잔도 따라 넘어갈라

선글라스 장사

저물어가는 오후
차에 빙 둘러 전등을 켜고
선글라스를 진열했다

선글라스가 왔습니다
낚시하는 데도 좋고
바람 부는 데도 좋습니다

비오는 날에도 좋고
밤중에 써도 좋고
할머니 할아버지가 쓰셔도 좋습니다

눈만 밝아지는 게 아닙니다
마음까지 밝아집니다
써 보는 데는 공짭니다

간 뒤에 후회 마시고
왔을 때 사세요
기회는 자주 오지 않습니다

야누스 코르작 선생님

삶도 함께
죽음도 함께
이백 명 아이들 손을 잡고

가스실로 들어가
죽음을 함께 한
야누스 코르작 선생님

지금은 생사가 없는 천국에서
그 아이들과 선생님이
얼마나 즐겁게 공부하고 있을까

조용할 때 걔들의
떠드는 소리가 들릴 듯하고
그 선생님의 미소가 보일 듯도 하다

아인슈타인

알베르트 아인슈타인

네 살 때까지 말을 못했다

일곱 살 때까지 글을 못 읽었다

취리히 폴리테크 학교에서 쫓겨났다

재입학에 거절당했다

돌을 버려두면 돌

쪼개고 자르고 쪼으고 닦으면

보석도 나오고

미인도 나온다

사람은 누구나 천재

없는 게 아니라

나타나지 않을 뿐

1%의 가능성에 일생을 걸어

100%의 인간이 되는 거다

미국의 시워드 장관

시워드 장관은 말했다
나는 눈 덮인 모습을 보고
알라스카를 산 게 아니다
그 안에 감추어진
무한한 보고를 샀다

우리 세대를 위해
그 땅을 산 게 아니고
다음 세대를 위해 그 땅을 샀다

위대한 사람은
낮은 가치에서
높은 가치를 찾아내는 사람
보이지 않는 미래를
미리 보는 사람

룰라 브라질 대통령

거리가 학교인 소년

아버지는 부두 노동자

팔 남매 중 일곱째

배곯기 싫어

짐짝 같은 구두통 메고

일곱 살 때부터 구두닦이

노동자가 되어

노동활동에 매달리다가

대접받는 인간세상을 만들겠다고

노동자당을 만들고

네 번의 도전 끝에 대권

루이스 이나시우스 룰라 다 시우바

브라질 대통령

구두통을 대통령으로 바꾼

인간 승리자

그날

희한하게 좋은 날

두 손이 번쩍 들어지고

입에서 만세 소리가 터진 날

스마트폰이

핵폭탄의

모가지를 밟아버린 날

그들

위안부는 돈벌이 수단이었다고
자기 마누라 누이가 위안부였어도
돈벌이 했다 할거나

위안부는 어느 전쟁에나 있었다고
남이 지은 죄를 따라했으니
따라한 죄는 죄가 아니라고

안중근은 테러리스트 라고
구국의 영웅이 테러리스트라면
야스쿠니는 테러리스트들의 공동묘지

독도가 자기네 땅이라고
샌프란시스코 조약에 빠졌다고
거기에 빠진 도쿄는 한국의 도시일거나

내가 이렇게 밝히면
그들의 피에선
지진이 일어나리라

팡팡 뛰다가
땅이 꺼져
바다가 되리라

우리가 언제 독충이기에
살충제를 쓰겠다는 것인가
유사 이래 그들은 독충이었다

살충제는
그들의 머리에 구멍을 파고 사는
야욕에다 뿌리라

우리가 마늘 한 쪽이라면
그들은 마늘이 열 접
무식에는 약이 없다

이웃에 강간 살인범이 살면

그 동네에도

봄이 올거나

그들은 평생을

남편과 자식이라는 이웃을 사랑한

어머니의 자식 같질 않다

반인륜적이요 반도덕적인

그들을 불쌍히 여겨

신이여, 용서하소서